*Jurés de croire qu'un Sçavant*
*Doit mepriser tous les usages*
*Contrarier tout sentiment*
*Et d'admirer que ses ouvrages.*
*J'en fais serment.*

# LE PETIT PHILOSOPHE,

## COMÉDIE EN UN ACTE, ET EN VERS LIBRES.

Par M. POINSINET le jeune.

*Représentée pour la premiere fois par les Comédiens Italiens Ordinaires du Roi, le 14 Juillet 1760.*

Ridiculum acri
Fortius ac melius magnas plerumque secat res.

*Horace.*

Le Prix est de 24 sols avec la Musique.

A PARIS,
Chez PRAULT petit Fils, Quai des Augustins, la deuxiéme Boutique après la rue Gilles-Cœur, à l'Immortalité.

M. DCC. LX.

*Avec Approbation & Permission.*

# AU LECTEUR.

LA plûpart des écrits Polémiques intéressent bien moins par l'utilité de leur objet, que par la maniere plus ou moins agréable dont ils sont traités. Le sel de la satire qui les assaisonne nécessairement est le premier principe de leur succès ; on les lit parce qu'on aime à rire, & voilà tout. La fameuse querelle des Anciens & des Modernes n'affectait qu'un certain nombre de Lecteurs, car il est très-possible d'être bon Pere, bon Négociant, bon Cytoyen sans avoir jamais entendu parler d'Hesiode ou d'Homere. La dispute sur la superiorité des deux musiques est du même genre. La question si les Arts ont servi ou corrompu les mœurs, mérite une attention plus sérieuse, aussi a-t-elle fait naitre un plus grand nombre de très-bons écrits. Enfin il est des sujets de dispute qui intéressent toute la nation, & même tous les hommes. Alors malgré l'amour de la paresse qui est presque inséparable de celui de la Poësie ; malgré la certitude où l'on est que le seul fruit de cette fureur Polémique est souvent de faire rire le Public au dépens des deux partis; soit amour du vrai, soit vanité, il est bien difficile de se refuser à embrasser une opinion. Ce sentiment, que je crois général, me conduit pour la seconde fois dans une cariere très-périlleuse, mais aussi très-honorable. En 1756 je fis paraitre un Poëme sur l'Inoculation, lorsque cette methode divine fut introduite en France par les célebres Docteurs Tronchin & Hosti, & combattue par la plus grande partie de la Faculté. Il s'agissait de la conservation des hommes, & cette grande querelle intéressait toute l'humanité. Il s'agit aujourd'hui de leurs mœurs, & ce nouveau combat doit intéresser tous les honnêtes gens. Le succès de la Comédie des *Philosophes*, la coupe de cette même Comédie, des portraits peut-être trop ressemblants, des Auteurs désignés par leurs ouvrages, les conséquences que M. P. semble vouloir tirer de leurs systêmes & qu'il hazarde de mettre en action. Tant de hardiesses réunies avoient étonné la Nation. On a d'abord applaudi sans réfléchir, parce qu'on est méchant : ensuite on a réfléchi, on s'est en secret reproché d'avoir applaudi, parce qu'il faut finir par être juste. Rien de plus louable cependant que le but moral de cette Comédie. Elle tend à éclairer les hommes sur de dangereux principes, à combatre de bizarres syſtêmes, à diſſiper le preſtige de la fauſſe Philoſophie; mais quelques perſonnes ſe ſont plaint que le Poëte s'était moins conduit en Peintre des mœurs qu'en Délateur des vices, & ce reproche bien ou mal fondé, a fait croire à pluſieurs Gens de Lettres que l'on pourrait eſſayer ſur ce même ſujet une Comédie dont la premiere loi ſerait l'obſervation du précepte d'Horace *ſublato jure nocendi.*

Tel reſpect que doivent inſpirer les grands ouvrages, on ne peut nier que dans nombre d'écrits modernes, il ne ſe ſoit gliſſé des maximes également contraires aux loix, aux mœurs, & aux uſages, qui cependant ont ſéduit quelques eſprits, & produit des proſélites. Il eſt tel Philoſophe qui non-content de conſacrer ſa plume & ſes lumieres à défendre les paradoxes les plus ſinguliers, a lui-même affiché dans ſa conduite cette ſingularité qui le ſoumet aux droits de la Comédie. En ſuppoſant un jeune homme ennivré de tous ces nouveaux principes, qui n'agit & ne parle qu'en conſéquence des bizares ſyſtêmes dont ſa tête eſt échauffée, ce qui ſervirait à établir ces mêmes ſyſtêmes & à les rapeler à la mémoire du ſpectateur; enſuite en lui oppoſant un pere tendre, une mere qui n'a que l'eſprit d'aimer ſa famille, un ami ſage, une maitreſſe naïve;

j'ai cru parvenir à mon objet qui est de combattre telles ou telles propositions de la nouvelle Philosophie. Voilà l'unique but de la petite Comédie que l'on va lire. Je me suis instruit en la composant, aussi éloigné de vouloir outrager des Sçavants que la nation doit considerer, que d'admirer absolument tout ce qu'ils ont écrit. J'ai lû soigneusement leurs principaux ouvrages, & si l'évenement de cette fermentation littéraire m'a déterminé à n'y saisir d'abord que ce qui a été généralement désaprouvé, je consacrerai une autre fois ma plume à rendre hommage à leur mérite, bien persuadé cependant qu'ils n'auront jamais besoin d'un aussi faible apologiste.

# LE PETIT PHILOSOPHE,

## *COMÉDIE* EN UN ACTE.

## *ACTEURS.*

| | |
|---|---|
| MR. SIMONEAU, *Bailli*, | M. Chanville. |
| MARTINE, *sa Femme*, | Mlle. Desglands. |
| DAMON, *leur Fils*, | M. le Jeune. |
| COLETTE, *Filleule de Martine*, | Me. Favart. |
| VALERE, | M. Rochard. |
| VALENTIN, *Valet de Damon*, | M. Dehesse. |

DEUX PHILOSOPHES.

DEUX VALETS *muets.*

TROUPE DE PHILOSOPHES.

*Troupe de Paysans & de Paysannes.*

*La Scene est dans un Village près Paris.*

# LE PETIT PHILOSOPHE,

## COMÉDIE.

*Le Théâtre représente un Jardin d'un côté & de l'autre, la Maison de. M. Simoneau.*

### SCENE PREMIERE.

SIMONEAU, DEUX VALETS, *ensuite* MARTINE.

SIMONEAU.

ÇA, mes enfants, vîte, prenez courage,
Du haut en bas nétoyez la maison,
Surtout ayez grand soin que le premier étage
Soit disposé de la bonne façon.

MARTINE, *à part.*

Oui, vous ferez vraiment un bel ouvrage.

SIMONEAU.

Pour le souper, que l'on n'épargne rien,
Basse-cour, colombier, garenne, métairie,
Faites par tout main basse.

MARTINE, *à part.*

Ah! j'enrage ma vie;
S'il pouvait en un jour dépenser tout son bien.

*(Les Valets sortent.)*

Il en ferait, je pense, la folie.

SIMONEAU.

St, St, je veux encor... mais non, j'avertirai.

*(Ils reviennent.)*

Ce que j'ai déja dit, suffit pour vous instruire;
Comme on obéira, je récompenserai.
*(A Martine.*
Que faites-vous donc là?

MARTINE.

Moi, rien; je vous admire;
Quand vous aurez fini, je parlerai.
*(Aux Valets.)*
Vous avez entendu ce qu'il vient de vous dire,
Si vous obéissez, moi je vous chasserai.

*(Ils sortent.)*

SIMONEAU.

Toujours contrarier?

MARTINE.

C'est vraiment grand dommage,
Ne faut-il pas se taire?

SIMONEAU.

Oui, devant son mari,
Je suis le vôtre, une fois.

MARTINE.

Dont j'enrage;
Mais je suis votre femme en revanche.

SIMONEAU.

Hélas ! oui.

MARTINE.

Et je prétends gouverner mon ménage.

SIMONEAU.

Vous prétendez maîtriser un Bailli ?
Moi dont la volonté fait loi dans le Village.

MARTINE.

Et voilà ce qui fait votre mal & le mien ;
Vous veillez trop soir & matin
Sur les fautes d'autrui, pensez plutôt aux vôtres ;
En achetant le droit de gouverner les autres,
On perd souvent le goût de se gouverner bien.

SIMONEAU.

Allons, si l'on en croit votre langue maudite ;
Je ne serai qu'un fou, qu'un ignorant,
Ma tête cependant peut passer pour instruite ;
Au Collége toujours j'avais le premier rang,
Depuis j'ai lû, relû.

MARTINE.

Taisez-vous, un Sçavant
N'est souvent qu'un sot en conduite.

SIMONEAU.

Mais que condamnez-vous, après tout.

MARTINE.

Ce fracas,
Pourquoi ce beau festin, répondez, je vous prie ?

SIMONEAU.

Ah ! que tu vas bientôt te radoucir ma mie ;
Notre cher fils ... il vient, nous l'allons voir.

MARTINE.

Hélas !
Vous venez de changer en chagrin ma colere ;
L'indigne enfant, tenez, qu'on ne m'en parle pas,
Sa conduite me désespere.

SIMONEAU.

Quel tort a-t-il ?

MARTINE.

L'ingrat pendant six ans
Ne pas écrire une fois à sa mere ?

SIMONEAU.

Ces égards là sont bons pour les petits enfants !
Vraiment, il avait bien d'autres choses à faire !
Il ne fréquente plus que des hommes sçavants,
Des gens que tout Paris applaudit & révere,
Que l'on voit toujours chez les Grands.

MARTINE.

Tout cela ne m'importe guere,
Et je les crois de dangereuses gens,
S'ils ont gâté son caractere
Jusqu'à lui faire oublier ses parents.

SIMONEAU.

Fi, c'est te dis-je une misere.
Ah ! depuis qu'il s'est fait compagnon Bel-Esprit ;
Si tu sçavais le bien qu'on m'en écrit,
Ce qu'il dit, ce qu'il fait, comme on le considere !
Tien, tout cela, Martine, à tel point me ravit,
Que quelquefois j'ai peine à me croire son Pere.
Avec ces gros Messieurs, il vit comme leur frere.
Ils font un Livre ... mais ... un Livre ... enfin, suffit ...
Un Livre où l'on dira ... tout ce que l'on a dit ;
Un Livre si sçavant....

MARTINE.

Nargue de la science ;
Je voudrais qu'il eut moins d'esprit,
Et qu'il montra plus de reconnoissance.
Pendant quatorze mois c'est moi qui l'ai nourri ;
(*Elle pleure.*)
Et j'en reçois vraiment la récompense.
Sans tous mes soins, parlez, n'auroit-il pas péri
Dans sa derniere maladie ?
Combien de nuits pour lui m'a-t-il fallu passer ?

Tenez, je vous le dis, je n'y veux plus penser.

SIMONEAU.

Et là, par amitié, console-toi ma mie,
Tous ces petits chagrins vont s'effacer.
D'une fameuse Lotterie
Je suis certain qu'il a gagné le premier lot.
Vingt mille francs, Martine, est-ce un joli magot!

MARTINE.

Il a gagné cela? Ciel! que j'en suis ravie,
Tout ingrat qu'il est, c'est mon sang,
Je voudrais le voir riche au dépens de ma vie.

SIMONEAU.

Avec cet argent là nous tiendrons notre rang;
Nous pourrons marier Agathe notre fille;
C'est mon portrait, elle est toute gentille,
Il pourrait bien aussi prendre un parti,
Je lui voudrais donner ta filleule Colette,
Le fils du Sénéchal depuis un tems la guette;
Valere est un garçon sage, posé, poli,
Qui surement lui conviendrait aussi;
Mais je veux pour mon fils conserver la poulette.

MARTINE.

Vous en aurez le démenti,
Bien surement Colette épousera Valere;
Il m'est permis d'avoir comme vous mon projet;
Damon ne viendra point.

SIMONEAU.

Je suis sûr de mon fait.

MARTINE.

Comment le sçavez-vous, & qui vous l'a pû dire?

SIMONEAU.

Lui-même hier il me l'a fait écrire.

MARTINE.

Et par qui donc?

SIMONEAU.

Par son Valet.

MARTINE.

Quoi ! c'eſt par un Valet qu'il écrit à ſon pere ?

SIMONEAU.

Sans doute, qu'il avait alors quelqu'embaras :
Les gens ſçavants....

MARTINE.

Adieu... Je ne pourrais me taire. :
Je ſors, il peut venir, je ne le verrai pas.

---

## SCENE II.

### MARTINE, SIMONEAU, COLETTE.

COLETTE.

J'ACCOURS vous annoncer une grande nouvelle ;
Que vous ſerez joyeux !

MARTINE.

Comment.

SIMONEAU.

Que nous veut-elle ?

COLETTE.

Celui que nous avons attendu ſi longtems,
Que nous déſirons tous.

MARTINE.

Eh bien ?

COLETTE.

Il eſt céans.

SIMONEAU.

Qui ?

COLETTE.

Votre fils.

MARTINE.

Mon fils !

SIMONEAU.

Nous dis-tu vrai, Colette ?

COLETTE.

Sans doute. Adieu, je vais chercher les violons ;
Rassembler promptement les filles, les garçons,
Nous lui préparerons une petite fête,
Nous danserons jusqu'à ce soir,
Vous me le permettez ?

SIMONEAU.

Tu m'en deviens plus chere ;
C'est pour mon fils. Allons le recevoir.

*(Colette sort.)*

Martine y viendras-tu ?

MARTINE.

Ne suis-je pas sa mere ?
Mais le voici.

## SCENE III.

### DAMON, SIMONEAU, MARTINE.

MARTINE.

*(Simoneau & Martine sautent au col de Damon & l'embrassent.)*

Vien vîte, embrassons-nous.

SIMONEAU.

Mon fils....

MARTINE.

Mon cher enfant....

SIMONEAU.

Que ce moment est doux !

MARTINE.

Baise-nous donc bien fort.

DAMON, *se débarassant.*

Ah Ciel ! que d'accolades ;
Et de grace, moderez-vous,
Epargnez-moi ces vives embrassades,
On nous prendrait tous les trois pour des fous.
Votre amitié pour moi, me pénétre, m'enflâme ;
Mais un beau sentiment doit être concentré :
Comme il prend naissance dans l'ame,
Par la raison il veut être épuré.
Dès qu'il éclate trop, il devient populaire ;
Et ces transports si vifs, ces longs embrassements
Sont bons pour amuser l'imbécile vulgaire,
Qui n'est heureux qu'autant qu'il fait jouir ses sens.

SIMONEAU.

Que d'esprit, que d'esprit !

MARTINE.

Les beaux raisonnements,
Pour nous prouver qu'après quatre ou cinq ans
On a tort d'embrasser sa mere.

DAMON.

Je l'avais bien prévu qu'il faudrait tous les deux
Vous refondre au creuset de la Philosophie,
Vous apprendre à briser le joug impérieux
De ces vils préjugés, par qui l'ame asservie,
S'énerve & n'ose prendre un vol audacieux.

SIMONEAU.

Oui, tu m'instruiras, je te prie.

MARTINE.

Je suis trop vieille moi, j'ai fait mon tems ;
C'est à mon tour de régenter les autres.

DAMON, *d'un air distrait.*

Avez-vous en ce lieu beaucoup d'appartements ?

SIMONEAU.

Hélas ! mon cher enfant, nous n'avons que les nôtres.

Tu sçais ce que contient mon pauvre coffre-fort ;
Mais j'ai fait de mon mieux, ma chambre est bien jolie ;
Je l'ai faite apprêter pour toi.

DAMON.

Vous avez tort.

MARTINE, *à part.*

Le beau remercîment.

SIMONEAU.

Comment donc ?

DAMON.

C'est folie ;
Se déranger, c'est trahir le bon sens,
S'il fallait héberger neveux, fils & parents,
De sa propre maison l'on deviendrait Concierge ;
Quant à moi j'eusse été bien plus commodément
En me logeant dans la premiere auberge.
Vous vous gênez, pour prix de votre attention,
Il faudra bien qu'à mon tour je me gêne,
Tout cela nuit ; & puis en fuyant cette peine,
Je serais dispensé de l'obligation.

MARTINE, *à part.*

Ah ciel ! le vilain caractere,
Mon fils peut se trouver ailleurs mieux que chez moi ;
Il préfere une auberge à la maison d'un Pere ?

DAMON, *à Simoneau.*

Vous laissez-vous toujours gouverner par ma mere ?
J'aimerais qu'un mari fut le maître chez soi.

SIMONEAU.

C'est une digne femme.

DAMON, *à son Pere.*

Oui, petite cervelle ;
Qui ne sçait rien de rien, qui croit aux Revenants ;
Qui craint qu'un Berger n'ensorcelle,
(*Haut.*)
Ce qui m'a fait ici chercher des logements ;
C'est que j'attends ce soir quelques confreres.

SIMONEAU.

Des Philosophes !

DAMON.

Oui, des Sages, des Sçavants;
Nous y devons traiter d'importantes matieres,
Pour éclairer un peu ces gens de qualité
Dont l'éducation est souvent très-commune.
Nous leur devons dans peu, donner notre Traité
Des Parallaxes de la Lune.

SIMONEAU.

Que cela sera beau !

DAMON.

C'est un coup de fortune.

MARTINE.

Et ces gens-là viendront.

DAMON.

Ce soir.

MARTINE.

Où fuirons-nous.
Ah ! je vois bien qu'il faut déserter le village;
J'aimerais mieux quitter amis, parents, ménage,
Que de vivre un moment avec de pareils foux.

## SCENE IV.

SIMONEAU, DAMON.

SIMONEAU.

Nous appaiserons sa colere,
Elle aura bien d'abord quelque peine à se faire
A des raisonnements si grands, si merveilleux.

DAMON.

N'importe, il faut laisser quelques sots sur la terre

Les Sçavants n'en brillent que mieux.
Quant à ceux que j'attends, le Seigneur du Village,
Va se faire un plaisir de les loger chez lui.

SIMONEAU.

Mais ne l'iras-tu point saluer aujourd'hui ?
Il sera bien charmé de te revoir, je gage ;
C'est un vieux Militaire, un homme de courage ;
Sa naissance, son rang, tout le fait respecter ;
Il faut le courtiser.

DAMON.

Oui, j'entends ce langage ;
Ne faudra-t-il pas même à ses pieds me jetter ?
S'il veut me voir, qu'il vienne.

SIMONEAU.

Es-tu fou ?

DAMON.

Soyez sage.
Appréciés mon être, ouvrez sur moi les yeux,
J'humilierais l'orgueil de la Philosophie
Jusqu'à flatter d'un grand l'esprit capricieux.
Parce qu'il fut vaillant, qu'il est prudent & vieux,
Il faut que ma raison par lui soit avilie ;
Un Sage ne connoît ni Coutume, ni Loi,
Ni dignité, ni rang, ni préséance.
Si je croyois qu'un être eut quelques droits sur moi,
Je détesterais ma naissance.
Les hommes sont égaux malgré leur vanité ;
Leur rendre des devoirs, c'est flatter leur manie ;
La politesse même est une indignité
Qui déshonore un homme de génie. *

SIMONEAU.

Tu m'enchantes, je cede à l'admiration ;
Mais, si l'on t'en croyait, en cherchant à détruire
Toute subordination,

---

* *Discours sur l'égalité des conditions.*

Tu renverserais un empire ;
On s'égare souvent par le raisonnement.

DAMON.

Tant pis pour ceux à qui mon systême peut nuire ;
Il m'est utile à moi, je vis, je suis content.

SIMONEAU.

Tu dois l'être du moins, car je sçais que n'agueres ;
Certain lot de vingt mille francs...

DAMON.

Qui vous a donc si bien instruit de mes affaires ?

SIMONEAU.

Va, quoique séparez, sois sur qu'en tous les tems ;
Tes nouvelles me seront cheres,
Un bon pere aime à voir prosperer ses enfants,
Ce gain m'a suggeré des moyens salutaires
De nous arranger tous ; & tu seras d'accord....

DAMON.

Vous comptez la-dessus ?

SIMONEAU.

Oui.

DAMON.

Mais vous avez tort.

SIMONEAU.

Pourquoi.

DAMON.

J'ai placé tout e[illegible]entes viageres.

SIMONEAU.

Juste ciel, quoi ! ta sœur, quoi ! mes pauvres neveux.?
C'est avoir l'ame un peu bien dure,
Même après ton trépas tu ne veux qu'aucun d'eux
Puisse bénir en paix, toi, tes soins généreux ?
Ah ! ce trait là, Damon, outrage la nature.

DAMON.

La raison l'a dicté.

SIMONEAU.

Non, la mienne en murmure.

DAMON.

Réfléchissons ; qu'importe à mon individu,
Que fait à mon bonheur cette foule importune ;
Ce troupeau de parents dont nul ne m'est connu ?
J'irai diminuer pour eux mon revenu,
Et pour les obliger, étrangler ma fortune ;
Qu'ils fassent comme moi, qu'ils se donnent des soins.

SIMONEAU.

Mais tu me connais, moi, tu sçais tous mes besoins.
Ne suis-je pas surchargé de famille,
Ne dépensai-je pas pour élever ma fille ?
Ma chere Agathe... Ah ! c'est un trésor que ta sœur ;
Je me plais à former son esprit & son cœur.
J'exerce avec soin sa mémoire,
Je veux de son Pays, qu'elle apprenne l'histoire ;
Elle écrit joliment ; elle dessine un peu,
S'acquitte bien des travaux du ménage,
Chante, danse, & de tout, elle se fait un jeu.

DAMON.

Ferme, applaudissez-vous d'un si brillant ouvrage ;
Eh ! vous gâtez son cœur au lieu de le former ;
Je frémis de courroux lorsque j'entends nommer
Ces prétendus beaux-Arts dont vous vantez l'usage.
C'est donc l'histoire qu'elle lit ?
De chimériques faits vous lui meublez l'esprit.

SIMONEAU.

Mais il est certains faits très-utiles à croire,
Et si l'on révoquait en doute toute histoire,
A la fin.

DAMON.

Elle danse ; après quatre ans d'efforts,
Elle sçait à ses bras donner un tour qui flatte,
Se mouvoir en mesure & comme par ressorts,
Talent qui la ravale au rang de l'Automate.

SIMONEAU.

Moi, quand je vois danser, mon ame se dilate ;

J'aime le rigaudon.

DAMON.

Je vous dirai bien plus,
Si vos raiſonnements aigriſſent ma critique,
Je tiens que le Deſſein, la Danſe & la Muſique
Devraient par la Police être bien deffendus,
Qu'ils ſont plus dangereux, que tel écrit qu'on blâme;
Que ſans nourrir l'eſprit, ils ont gâté les cœurs,
Que tout art méchanique énerve, engourdit l'ame,
Et qu'enfin les talents ont corrompu les mœurs. *.

SIMONEAU.

Si dans tes jeunes ans, j'avais cru ton ſyſtême,
Tu ne brillerais pas par l'éducation.

DAMON.

J'en ſerais plus heureux.

SIMONEAU.

Ma ſurpriſe eſt extrême!

DAMON.

J'en verrais moins d'abus.

SIMONEAU.

Je ſens qu'il a raiſon:
Grace à tes bons avis, je renais, je m'éclaire,
Ah! qu'à bien peu de frais je vais me contenter.

DAMON.

Je veux vous rendre heureux, vous réformer, mon Pere.

SIMONEAU.

Va, je ſerai toujours docile à t'écouter;
C'eſt tout gain, ma raiſon n'était que rêverie.
Ah! la belle Philoſophie!
Je te quitte un moment pour bientôt revenir,
Il me reſte à juger une aſſez grave affaire;
Mais je dépêcherai cela, laiſſe-moi faire,
Je me meurs de t'entretenir.

*(Il ſort.)*

---

* *Diſcours de l'Académie de Dijon.*

## SCENE V.

### DAMON, *seul.*

AH ! ne vous gênez pas... A la fin je respire :
J'ai très bien fait de déserter Paris,
Je sçais qu'on nous prépare une vive Satire
Qui pourrait bien sur nous fixer longtems les ris ;
Et le profond respect qu'on doit aux grands esprits
N'empêche pas que l'on ne les déchire ;
Peut-être on nous plaindra .... ce seroit là le pire ;
L'offensante pitié tient de près au mépris.
Du Censeur indiscret qui voudrait bien nous nuire ;
Nous pourrons décrier le cœur & les écrits ;
Mais on rira de nous, car le peuple aime à rire.

## SCENE VI.

### DAMON, VALERE.

VALERE.

GRACE au Ciel, Damon, vous voici ;
A tous vos bons amis votre présence est chere,
Et si je n'avais craint de gêner votre pere,
Depuis une heure, au moins, vous me verriez ici.

DAMON.

Je vous suis obligé ; mais de grace, Valere,
Vous m'aimez donc beaucoup ? J'en suis tout étonné.
Et pourquoi ?

VALERE.

La raison en est assez facile.

DAMON.

Pas tant que vous croyez, car tout examiné
Je ne vois pas à quoi je puis vous être utile.

VALERE.

De quelle indignité soupçonnez-vous mon cœur ?

DAMON.

Je le croyais sensé, j'avais grand tort, je gage.

VALERE.

Quoi! je ne montrerais une si vive ardeur ?...

DAMON.

Que pour votre intérêt ; c'est se conduire en sage;

VALERE.

Je ne méritais pas, Damon, un tel outrage ;
Ainsi donc près de vous, on ne peut être admis
Qu'autant qu'à vos desseins on devient nécessaire,
Un sentiment plus pur vous paraît populaire,
Et ce n'est que pour soi qu'on aime ses amis.

DAMON.

C'est du moins, ce qu'on devrait faire ;
Et ce qu'on fait.

VALERE.

Comment ?

DAMON.

Oui, le trait est réel ;
L'agréable nous plaît ; mais qu'aime-t'on ? l'utile.
L'homme n'a qu'un but, qu'un mobile
C'est son intérêt personnel.

VALERE.

Ciel que me dites-vous ! & quelle ame insensée
De ce système affreux soutient l'iniquité ?
Si j'osais jusques-là haïr l'humanité,
Je rougirais de ma pensée.

DAMON.

Le Sage doit prôner la vérité ;

Puisque

Puiſque nous y voilà, ſouffrez que je m'explique :
Qu'eſt-ce que l'Amitié, tout bien examiné ?
Un être vraiment fantaſtique,
Par l'indolence imaginé ;
Un ſentiment Métaphiſique,
Le recours d'un eſprit borné
Qui fait l'aveu public, de ſa foibleſſe extrême ;
Qui ne peut ſe ſuffire, & qui cherche un appui ;
Qui voudrait trouver en autrui,
La force & la vertu qu'il n'a pas en ſoi-même.

VALERE.

Je ne puis le celer, je demeure étonné,
De oir avec quel art par la Philoſophie
Tout ce qui fait le charme de la vie ;
Eſt en ridicule tourné :
Non, Damon, l'amitié n'eſt point une manie,
N'eſt point un feu qui naît & meurt dans un moment ;
C'eſt le fruit du diſcernement ;
Ses liens enchanteurs ne ſont jamais des chaînes,
Sans flatter nos erreurs, elle ſert nos déſirs.
L'Amour ne rend heureux qu'après de longues peines ;
L'Amitié n'a que des plaiſirs.

DAMON.

Ce n'eſt pas ce que je vous nie,
J'approfondis la cauſe, & vous vantez l'effet ;
Vous allez convenir...

VALERE.

Damon, changeons d'objet ;
Puiſqu'il vous contredit, mon diſcours vous ennuie ;
Des gens dignes de foi, m'écrivent de Paris,
Que vos Dogmes nouveaux, votre Philoſophie,
Vous font un peuple d'ennemis ;
Que même on doit donner certaine Comedie...?

DAMON.

Oui, nous ſçavons cela.

VALERE.

Craignez-vous le succès ?

DAMON.

La Piece tombera, Monsieur, la chose est claire;

VALERE.

Et pourquoi donc ?

DAMON,

Elle est de *l'Auteur de Zarès.* *

VALERE.

Je ne connoissais pas encor votre adversaire,
Et pourquoi contre vous a-t'il fixé ses traits,
Est-ce vraiment l'amour de la Patrie ?

DAMON.

Point du tout ; c'est la jalousie,
S'il eut été par nous à nos travaux admis,
Sa bile, croyez-moi, se serait moins aigrie;
Vous le veriez de nos plus chers amis;

VALERE.

Je le crois, volontiers.

DAMON.

Le dessein qui l'occupe
N'est pas de critiquer, mais de nous outrager,
C'est sa querelle à lui, qu'il s'amuse à vanger,
Et le Public n'en sera pas la dupe.
Dans ses écrits lui-même il trace son Portrait ;
On voit que ses pinceaux sont conduits par l'envie ;
Ce n'est pas la Philosophie ;
Mais les Philosophes qu'il hait.

VALERE.

Mais s'il écrit toujours.

DAMON.

Mais se fera-t'il lire ?
Si parce qu'on a vû nous jugeons ses talents,

---

* *Tragédie de M. Palissot, donnée en 1753 ; elle n'a eu que trois Représentations.*

Un seul mois verra naître & tomber son Empire,
Il pourra quelques jours servir aux agréments
De ces sociétés que flatte la Satire.
Mais le grand nombre de ces gens
Qu'il amusera, nous admire;
Nos écrits plus nombreux, plus solides, plus grands,
Ne sont point des travaux qu'un bon mot peut détruire;
Non, on s'ennuira de médire,
Tous ses efforts deviendront impuissants;
On n'aime pas toujours à rire,
Et l'on veut s'instruire en tous tems.
Au reste je sçaurai le succès de l'ouvrage;
*(On entend un bruit de chant & de danse)*
Et ce soir mon Valet... Mais pourquoi tout ce bruit,
Ces instruments, cet importun tapage?

VALERE.

Ce sont les filles du village
Que Colette en ces lieux conduit;
Je me retire, adieu; cette entrevue
N'a pas besoin de mes yeux pour témoins. *(Il sort.)*

DAMON.

Je me serais fort bien passé de tous ses soins,
La Musique m'ennuie, & la Danse me tue.

## SCENE VII.

DAMON, COLETTE, *suivie des Filles & Garçons du Village qui chantent & dansent.*

CHŒUR.

*(Damond prend un Livre & s'assied.)*

AMUSEZ-VOUS, gens du village,
Venez tous danser aux chansons;

Amusons-nous sous cette ombrage ;
Mais n'allons pas sans les garçons.

(*On danse.*)

RONDE, *chantée par Colette.*

(*Le Chœur reprend le refrain en dansant.*)

Qui faisait joujou sur l'herbette;
Il ressemblait à Cupidon.

Car il en avoit l'arbalête;
Et les aîles d'un Papillon.

Dès qu'il apperçut la fillette;
Il lui dit d'un p'tit air fripon:

D'un Amant il faut faire emplette;
Car les maris n'ont qu'du soupçon;

Mais l'Amant au jeu d'amourette,
S'y prend bien d'une autre façon.

Taisez-vous, lui dit la pauvrette,
Vous n'êtes qu'un p'tit poliçon.

DAMON, *Impatient, se leve.*

Ah! parbleu, leur plaisir enfin m'impatiente;
Lorsque tous les besoins se soulevent contre eux;
Par ces chants, ces transports, cette gaieté bruiante,
Ne jurerait-on pas que ces gens sont heureux?

COLETTE.

Vous me paraissez en colere,
Vous vous ennuyez de nos jeux;
Je n'avais cherché qu'à vous plaire;
Mais je les vais bientôt faire finir.

*(Le Ballet se retire.)*

DAMON.

Tant mieux,
La charmante Colette est & douce & naïve,
Son œil fripon trahit pourtant plus d'un désir,
Et sa légereté, cette gaieté si vive
N'effarouche pas le plaisir.

COLETTE.

J'en suis fort aise moi ; car quoiqu'il m'en arrive ;
J'éprouve à vous revoir un vrai contentement ;
Je sçais bien que j'ai tort d'oser vous en instruire ;
Mais je sens bien aussi qu'on tait malaisément
Ce qu'on a du plaisir à dire.

DAMON.

Eh ! pourquoi le cacher, si c'est la vérité ;
Quoi ! Colette, dans ce Village
Enseigne-t-on la fausseté ?

COLETTE.

Non pas ; mais on apprend comme une fille sage
Ne doit jamais laisser parler son cœur,
Il faut obéir à l'usage.

DAMON.

Eh ! quoi, par tout je ne verrai qu'erreur ;
Colette, vous m'aimez ; pour prix de votre flâme
Je veux vous détromper de ces contes d'enfans,
De tous ces beaux sermons que prêchent les Parents,
Qui prétendent former votre ame,
En vous brouillant avec vos sens.
Croyez-moi, leurs discours, c'est ignorance pure,
Votre cœur parle, il faut écouter son desir ;
Pour vous apprendre à juger du plaisir,
Je veux vous ramener à l'état de nature.

COLETTE.

Oh ! je veux respecter mes parents, pour cela
Je ne vous croirai point, moi j'aime ma marreine ;
Et tenez, je m'en vais ; car je serais en peine
Si quelqu'un lui disait que je demeure, là
Tête à tête avec vous, c'est blesser la décence.

DAMON.

Ah ! que je plains votre innocence ;
Vous avez donc sur tout de la prévention ;
Mais la décence n'est qu'un être chimérique

Adopté par la politique,
La vertu même est de convention ;
Tel acte en ce pays fait gémir la Sagesse,
Révolte si l'on veut toute la nation
Qui sur les bords du Nil est une politesse,
Un devoir de Religion.
Lorsqu'il s'agit de passion,
Allez, se contenter n'est point une faiblesse ;
Et le cœur a toujours raison.

COLETTE.

Mes parents ont pris soin de moi dès mon enfance ;
S'ils me font des sermons, ce n'est que pour mon bien,
Ils ont par-dessus moi l'âge & l'expérience,
Leur intérêt n'est autre que le mien,
Je leur dois du respect & de l'obéissance.

DAMON.

Vous dis-je qu'il faut rire au nez de ses parents ?
On les peut écouter sans croire à leurs chimeres ;
A votre âge on doit fuir ces préjugés vulgaires,
S'il ne fallait jamais sermoner ses enfants ;
Ordonner les repas ou quereller les gens,
A quoi nous serviraient nos meres ?

COLETTE.

Tenez, contre la mienne on a tort de crier,
Je suis tout à la fois son amie & sa fille ;
Demain elle nous doit tous les deux marier.

DAMON.

Et vous y consentez ?

COLETTE.

J'aime trop ma famille
Pour oser la contrarier.

DAMON.

Ah ! cela n'est pas fait.

COLETTE.

D'ailleurs du mariage
Mon cœur charmé, se fait à tout moment
Une si douce idée, une si belle image.

DAMON.

Vous changez bientôt de sentiment.
Quoi! vous pouvez vouloir des témoins, des Notaires;
Des signatures, des Contracts,
Ah! que d'accablantes affaires!
Pour être heureux, faut-il tant d'embarras?
Peut-on sans être fou, jurer d'être fidele,
Lorsqu'il n'est pas en soi de tenir son serment;
N'est-ce qu'en s'accablant d'une chaîne cruelle
Qu'on peut trouver quelque contentement?
Dans les premiers jours de la terre
Si l'on n'avait suivi que cet arrangement,
Le monde se serait peuplé bien lentement,
Encor ne le serait-il guere.

COLETTE.

Vous ne voulez donc pas m'épouser.

DAMON.

Non vraiment.

COLETTE.

Vous m'insultez.

DAMON.

Je veux vous priver d'une entrave;
Et pour le plaisir d'un moment,
Je n'eus jamais dessein moi, de me rendre esclave.

COLETTE.

On m'a dit qu'autrefois vous pensiez autrement;
Que nous unir était votre plus chere envie.

DAMON.

J'ai bien changé! depuis que la Philosophie
A de ses vérités frappé mon jugement;

Toute chaîne aujourd'hui me paraît un tourment.

COLETTE.

Eh bien moi, si je puis me déclarer sans feinte,
Tout ce qui vous déplaît fait mes plus chers plaisirs;
La seule liberté peut fixer vos desirs :
Du mariage moi je chéris la contrainte.
Sa chaîne, ses devoirs sont pour moi pleins d'attraits;
Qu'il est doux d'obéir à l'objet que l'on aime!
Vivre avec son époux, ne le quitter jamais,
Prévenir avec soin ses plus légers souhaits,
Répondre à son amour, par un amour extrême;
Ne trouver de félicité
Qu'autant qu'il est heureux lui-même.
Un tel bonheur, je crois, vaut bien la liberté.
Et soyez sur d'ailleurs qu'une femme sincere,
Par cette liberté se laisse peu charmer;
Elle sçait trop qu'il est bien dangereux de plaire
A ceux qu'on ne doit pas aimer.

DAMON.

Comment donc, vous traitez à fonds cette matiere!
Quand avec tant d'esprit on défend une erreur,
Les yeux bientôt s'ouvrent à la lumiere.
Oui, croyez-m'en, il est une maniere
De contenter plutôt son cœur.
Sous les loix du plaisir, sans liens elle engage,
La nature l'approuve, & les premiers humains
Coulaient en paix les jours les plus serains
Sans connaître le mariage.

COLETTE.

Vous m'outragez, finissez ce langage,
Je ne dois plus jamais vous écouter;
Je vous aurais aimé, je vais vous détester.
Vous voulez me tromper, me perdre, me séduire,
Dans mon cœur ingénu vous cherchez à détruire
Les sentiments qu'on m'a fait adopter,
Et de mes chers Parents que je dois respecter,

Vous m'engagez à mépriser l'empire
Dans le village entier, méchant je m'en vais dire
Les odieux conseils que vous m'osez dicter.

DAMON.

Mais, Colette, écoutez; pourquoi vous irriter?
[*A part.*]
On est bien malheureux d'être obligé de vivre
Avec des gens qu'un mot suffit pour révolter....
[*Haut*]
De grace demeurez, où je sçaurai vous suivre.

## SCENE VIII.

### DAMON, SIMONEAU, COLETTE.

SIMONEAU.

QU'AVEZ-VOUS, mes enfants, vous querellez tous deux.

COLETTE.

C'est Monsieur.

SIMONEAU.

Quoi! mon Fils.

DAMON.

Oui, c'est Mademoiselle.

SIMONEAU.

Toi, Colette?

COLETTE.

Il m'insulte.

SIMONEAU.

Il a tort.

DAMON.

Moi je veux
Vaincre ses préjugés, réformer sa cervelle.

SIMONEAU.

Il eut fallut dabord la disposer.

COLETTE.

Ah! si je vous disais à quel point il m'outrage.

SIMONEAU.

Comment diable il voudrait... Je te croyais plus sage.

COLETTE.

Il me refuse....

SIMONEAU.

Eh! quoi?

COLETTE.

De m'épouser.

DAMON.

C'est-là le mot; voilà d'où provient sa colere.

COLETTE.

Sans doute.

SIMONEAU.

Elle a raison.

DAMON.

Vous l'approuvez?

SIMONEAU.

Très-bien;

C'est mon avis, c'est celui de ta mere.

DAMON.

J'en suis fâché; mais ce n'est pas le mien.

COLETTE.

Vous l'entendez ce méchant.

SIMONEAU.

Là, Colette;

Ne pleure pas.

COLETTE.

Non, si j'ai du chagrin

Ce n'est pas que je le regrette,

Car je ne l'aime point, point du tout; mais enfin

Je ne suis après tout ni laide ni coquette,

D'autres qui le valaient ont recherché ma main;

Pour son refus, je ne fus jamais faite,
Et de sa part le trait est bien vilain.

SIMONEAU.

Console-toi, tu vois quel chagrin l'a transporté;
Je te croyais moins dur, moi je n'y puis tenir
Cher bijou .... ma tendresse est pour elle si forte
Que je voudrais ma foi que ta mere fut morte
Pour pouvoir librement avec elle m'unir.
Damon, épouse-là pour me faire plaisir.

DAMON.

Je voudrais d'un grand cœur vous obliger, mon Pere;
Mais par malheur j'ai pris mon parti là-dessus

COLETTE.

Grondez-le donc bien fort, Ah! si j'étais sa mere.

SIMONEAU

Tu vois que ce parti tous deux nous désespere,
Le Mariage enfin Damon...

DAMON.

C'est un abus:
Oui, qui déroge aux droits de la nature humaine
Ce que l'on sçait doit-il être tant répeté;
Raisonnons, l'homme est il né pour la liberté?

SIMONEAU.

Sans doute.

DAMON.

Eh bien, l'hymen n'est-t-il pas une chaîne?

SIMONEAU.

J'en conviendrai.

DAMON.

J'aurais un cortege d'enfant
Dont les pleurs ou les jeux m'excederaient sans cesse;
Il me faudroit dérober des moments
Aux spéculations qu'exige la sagesse
Pour cultiver leurs jeunes ans.

SIMONEAU.

Mais ces enfans un jour serviraient la Patrie.

DAMON.

De ce grand mot vuide de sens,
A tous propos, ma tête est étourdie:
Ma Patrie est aux lieux où je me trouve bien;
C'est du monde Ideal que je suis Citoyen;
A celui-ci l'intérêt seul me lie:
Et vous qui me pressez, répondez, je vous prie;
Le chimérique honneur d'être utile à l'État
Vaut-il les agrements d'une paisible vie,
Et les douceurs du célibat?

SIMONEAU.

Mais, non; c'est un parti que je ne sçaurais suivre;
Je trouve que l'on gagne à servir son pays;
Qui n'est bon que pour soi n'est pas digne de vivre.
Le Proverbe le dit, & c'est bien mon avis,
Certaine providence, active, réguliere,
Sur les honnêtes-gens fixe toujours les yeux,
Quand on est bon mari, bon citoyen, bon pere
Je ne vois point qu'on soit bien malheureux;
Et dans le mariage on trouve...

DAMON.

Erreur extrême;
Dans le sort d'un mari, je ne vois que tourments,
Quels chagrins n'a-t'il pas de sa femme, s'il l'aime;
Chagrins d'autant plus vifs qu'il sont plus offensants,
Et vous le sçavez par vous-même.

SIMONEAU.

Oh! tiens, ne touchons point, croi-moi, ces cordes-là,
S'il te plaît changeons de matiere;
Retire toi, Colette.

COLETTE.

Oui, je vais voir sa mere;
Le traitre s'en repentira.
Allez, allez, laissez-moi faire,
Je sçais tout mon crédit sur l'esprit de Valere
Et je vais voir s'il me refusera.

## SCENE IX.

### DAMON, SIMONEAU.

DAMON.

SA colere est unique & tient de la folie;

SIMONEAU.

C'est une bonne enfant qui n'a pas comme toi
De dispositions à la Philosophie ;
Sa cervelle est encor bien faible.

DAMON.

Ah! je le croi.

SIMONEAU.

Tu ne devines pas ce que j'ai fait pour toi;
Tu vas voir arriver des ouvrages sublimes,
Une collection de livres à mon choix,
Les Arrêts des Sénats, les guerres des grands Rois.

DAMON.

Moi je parcourerais ces archives de crimes ?
Tenez, venons au fait, avez-vous, *Celsius* ?
*Lucrece*, *Spinosa*, *Teliamed*, ou *Baile*
Le livre de *Baldus*, *Sextus Empiricus*,
*Hobbés* ?

SIMONEAU.

Je n'ai jamais connu cette sequele.

DAMON.

Vous n'avez même pas les Lettres de *Crassus* ?
Allons vous n'avez rien.

SIMONEAU.

J'ai l'Histoire, la Fable;

DAMON.

Vous n'avez rien.

SIMONEAU.

Ecoute donc un peu.

DAMON.

Vous n'avez rien.

SIMONEAU.

Beaux-Arts, Politique, Morale.

DAMON.

Et tout cela vous dis-je est détestable,
Inepte, absurde & digne enfin du feu.
Si vous voulez parler d'un Livre inimitable,
C'est le mien... Mais que vois-je... Ah c'est toi, Valentin!

## SCENE X.

### DAMON, SIMONEAU, VALENTIN.

DAMON.

Tu reviens.

VALENTIN.

De Paris. Souffrez que je respire.
Je me meurs.

DAMON.

Je vais donc apprendre le Destin.

VALENTIN.

Oh! oui, Monsieur, j'ai bien des choses à vous dire.
Ouf, ouf.

DAMON.

Satisfais vîte à mon empressement.

VALENTIN.

Oui, Monsieur... la maison est bien, plus... j'examine...

DAMON.

Parle donc.

VALENTIN.

Je reviens à vous dans un moment.

DAMON.

Mais où diable vas-tu ?

VALENTIN.

Moi, je vais prudemment
Rendre visite à la cuisine.

DAMON.

Tu m'impatientes enfin.
Je vais.

SIMONEAU.

Contre un Valet tu te mets en colere;
Les hommes sont égaux selon toi.

DAMON.

Le faquin.
Viendras-tu ?

VALENTIN.

Mon récit éxige du mystere.
Vous avez-là quelqu'un.

DAMON.

Eh ! parle ; c'est mon Pere;

VALENTIN.

Il est vrai que je puis vous le faire en Latin,
Monsieur ne l'entend pas.

DAMON.

Le chien me désespere ;
Il faudra me porter à quelque extrémité.

VALENTIN.

C'en est fait, les rieurs ont changé de côté ;
Nous sommes menacés de rudes catastrophes ;
Et le parti le mieux accrédité,
N'est plus celui des Philosophes.

DAMON.

La Piece a réussi ! qu'entens-je ! ah ! malheureux.

VALENTIN.

Si vous aviez pû voir quel bachanal affreux,
Le tapage, les cris, les plaintes, les querelles ;
On ne pouvait entrer sans livrer un combat.
Sçavez-vous bien, Monsieur, que les Pieces nouvelles

Sont à présent des affaires d'éclat,
Tandis que dans la rue à travers les bourades,
Des Caffés de Paris, les obscurs citadins
S'entredonnaient poliment des gourmades,
Et bravement se faisaient prendre aux crins.
De toutes nouveautés cette foule idolâtre,
Ces opulents oisifs, qu'on appelle amateurs,
Escaladaient les Loges, le Théâtre;
Les femmes même osaient partager leurs fureurs;
Compromettaient l'orgueil de leur toilette,
Et semblaient oublier en ces grandes rumeurs,
Que se laisser pousser sans mourir de vapeurs,
C'est déroger à l'étiquete.

DAMON.

As-tu bientôt fini cette narration?
Pour des gens tel que nous, quelle confusion.
La Piece a réussi.... Quoi? Malgré notre brigue...
Mais dis-moi donc comment.

VALENTIN.

Soyez moins courroucé.

DAMON.

L'Intrigue, quelle est-elle?

VALENTIN.

Attendez, quoi? L'Intrigue,
Le nœud?

DAMON.

Oui, justement.

VALENTIN.

L'Auteur s'en est passé.

DAMON.

Comment, & l'intérêt?

VALENTIN.

Ah! c'est une autre affaire.
L'Auteur s'en est passé.

DAMON.

Mais tu te mocques.

VALENTIN.

Non.

Apparemment qu'il n'en avoit que faire ;
Cela dépend du goût.

DAMON.

Et l'Exposition... ?

VALENTIN.

L'Auteur s'en est passé ; c'est un homme bizarre.

DAMON.

Enfin le dénouement ?

VALENTIN.

Ah ! je tiens celui-là ?
Je vous jure qu'il est d'une espece assez rare.
Le dénouement ? Tenez, regardez, le voilà.
*( Il se met à quatre pattes.)*

DAMON.

Que diable fais-tu donc ; quelle indigne saillie ?

VALENTIN.

Je fais le Dénouement.

DAMON.

C'est cela ?

VALENTIN.

Justement.
Ce trait éxecuté par un Acteur charmant ;
De tout Paris fait la folie.

DAMON.

Oh ! je n'y puis tenir, ce Drame je vous prie
Ressemble-t-il à rien, montre-t'il quelque goût.

VALENTIN.

Pardonnez-moi, Monsieur, cela ressemble à tout ;
J'ai consulté quelques têtes prudentes
Qui m'on dit qu'en effet rien n'est moins excellent ;
Que c'est le plan de nos femmes sçavantes,
Et la conduite du méchant.

DAMON.

Valentin, tu m'impatientes.

VALENTIN.

Je soutiens qu'on n'y voit aucune invention ;
Que l'Auteur montre trop sa fureur de médire ;
Que tout s'y passe en conversation,
Point d'intérêt, pas la moindre action ;
Et cependant le total en fait rire.

DAMON, pénétré.

Nous sommes donc bien détestés...
Le Public rougira de ces absurdités.

VALENTIN.

Si je vous parlais vrai, Monsieur, sur ces matieres ;
Vous vous irriteriez ; je suis votre valet.
Je crois que ce n'est pas son ouvrage qui plaît ;
Mais c'est vous qui ne plaisez guéres.
(Il sort.)

DAMON.

Eh ! va-t'en, malheureux.

SIMONEAU.

Console-toi, mon fils.
Tout Paris reviendra de cette frenésie ;
Pour moi je suis charmé de ta Philosophie.
Comment donc, sans état, sans parents, sans patrie,
On est heureux. Oh ! Ciel ! ma plus pressante envie
Ce serait d'être à vos conseils admis.

DAMON.

Ah ! vous y parviendrez, je vous le certifie ;
Vous avez la ferveur qu'il faut.

SIMONEAU.

Je t'en suplie.

DAMON.

Nos Sçavants vont venir, je vous présenterai,
Mais quelqu'un sort, je crois, ah ! c'est encor ma mere.

## SCENE XI.

DAMON, SIMONEAU, MARTINE.

MARTINE.

OUi, oui, c'est moi ; je viens répandre ma colere
Tout à mon aise, & puis je m'en irai.
Quoique vous en disiez, ce soir je marirai,
Ma chere Colette à Valere ;
Elle aura tout mon bien, vous vous mordrez les doigts
Monsieur le Philosophe avec votre sagesse.

SIMONEAU.

Martine écoute-donc ; c'est ton fils une fois ;
Voudrais-tu le traiter avec tant de rudesse.

DAMON. *(à part.)*

Mon Dieu laissez-la faire. Ah ! je m'y suis mal pris.

SIMONEAU.

Nous sçavons bien qu'il a sa rente viagere ;
Mais perdrais-tu si-tôt tes sentiments de mere ?

MARTINE.

N'a-t'il pas perdu ceux d'un fils ?
Vous qui le deffendez, vous traite-t'il en pere ?
Le Seigneur du village est outré contre lui
Par son entêtement, il perd son seul appui ;
Ses propos même ont indigné Valere,
Colette pleure encore, à cette pauvre enfant,
Son cœur dur a plus fait de peine en un instant ;
Qu'elle n'en aura de sa vie.

DAMON.

De grace épargnez-moi cette criaillerie ;
Je dis ce que je pense & si je vous déplais ;
J'aurai bientôt quitté...

SIMONEAU.

Non, reste je te prie.

DAMON.

Non, Monsieur.

SIMONEAU.

Si tu pars, avec toi, je m'en vais;

MARTINE.

Vous pourriez adopter jusques-là sa manie?

SIMONEAU.

Surement, & j'en fais mon plaisir le plus doux;
Mon cœur est tout rempli de la Philosophie.
Quel plaisir, je serai débarassé de vous;
Je n'entendrai parler de femme ni de fille.
Ni de Parents, ni de famille.

MARTINE.

Allez, vous raisonnez comme le Roi des Foux;

SIMONEAU.

Je veux m'associer à ces esprits sublimes,
Qui feront taire un jour tous les mauvais propos;

DAMON.

Et que peut-on enfin nous reprocher pour crimes;
Si ce n'est de penser autrement que les sots.

MARTINE.

J'étouffe de chagrin autant que de colere;
Ingrat, après m'avoir montré ton mauvais cœur;
Il ne te manquait plus pour combler ma douleur;
Que de faire tourner la cervelle à ton pere.

## SCENE XII.

### DAMON, SIMONEAU, PLUSIEURS PHILOSOPHES.

DAMON.

AH! je vois nos Sçavants; venez, Messieurs, venez;

PREMIER PHILOSOPHE.

Bon jour mon cher Damon. Tu sçais notre aventure.

DAMON.

Mais vous men paraissez beaucoup trop consternés;
Nous réparerons cette injure.

SIMONEAU.

Oui, Messieurs.

DAMON.

Approchez. Pour vous en consoler
Je vous présente ici ce nouveau Prosélite.

SECOND PHILOSOPHE.

C'est Monsieur.

DAMON.

Oui, c'est lui.

PREMIER PHILOSOPHE.

Pour sentir son mérite,
Il suffit seulement de l'entendre parler.

SECOND PHILOSOPHE.

Damon nous le présente; on connaît ses lumieres.

DAMON.

C'est mon Pere.

PREMIER PHILOSOPHE.

Ce mot décide ses talents.

SECOND PHILOSOPHE.

Il a droit de prétendre aux succès les plus grands!

PREMIER PHILOSOPHE.

Monsieur, a-t-il traité quelques graves matieres.

SIMONEAU.

Messieurs, je suis novice, & ma seule ferveur....

DAMON.

Non, son esprit encor n'a pas franchi ses bornes.

SIMONEAU.

J'ai composé jadis.

SECOND PHILOSOPHE.

Ouvrez-nous votre cœur.

SIMONEAU.

J'ai fait certain discours sur les Bêtes à Cornes.

PREMIER PHILOSOPHE.

Cela doit être beau.

SECOND PHILOSOPHE.

Magnifique.

DAMON.

Saillant.

SIMONEAU.

Messieurs....

PREMIER PHILOSOPHE.

Moi, je voudrais un début plus brillant.
Auriez-vous composé quelqu'Essai Dinamique,
Quelque petit Traité Méthaphisique.

DAMON.

Messieurs, ne jugeons point sur un commencement
Il est plein de respect pour la Philosophie.

SECOND PHILOSOPHE.

Cela seul nous suffit.

PREMIER PHILOSOPHE.

On peut dès ce moment
A nos plus hauts secrets élever son génie.

SECOND PHILOSOPHE.

Vous sçavez que d'abord on prête le serment.

SIMONEAU.

Je jurerai, s'il le faut, sur ma vie.

DAMON.

Commençons la cérémonie.

*(Les Philosophes s'asseyent en cercle après s'être fait de grandes révérences. Simoneau se met au milieu sur un siege plus bas; les Philosophes lui font prêter serment sur un in-folio, en observant de se saluer très-respectueusement à chaque serment.)*

DAMON *chante alternativement avec un Philosophe.*

PREMIER COUPLET.

Jurez-vous de croire qu'un Sçavant
Doit mépriser les sots usages;
Contrarier tout sentiment,
Et n'admirer que ses ouvrages.

SIMONEAU.

J'en fais serment. *(bis.)*

II.

Jurez de toujours outrager
Les talents de votre patrie,
De ne voir que chez l'Etranger
Et des vertus & du génie.

SIMONEAU.

J'en fais serment.

III.

Jurez d'affecter pour les Grands
Une indifference parfaite;
Mais de sçavoir aux bons moments
Leur faire en secret la courbette.

SIMONEAU.

J'en fais serment.

IV.

Jurez que sur nos sentiments
Vous reglerez votre conduite;

Nayez

N'ayez ni Pays ni Parents,
Vivez en vrai cosmopolite.

SIMONEAU.

J'en fais serment.

V.

Jurez de haïr fortement
Tout talent qui veut trop paraître;
Mais de chérir bien tendrement
Les Grands Hommes qui pourront naître.

SIMONEAU.

J'en fait serment.

VI.

Jurez d'écrire obscurement,
D'être abstrait, diffus, amphatique;
Étonnez le peuple ignorant
Par l'orgueil d'un ton prophétique.

SIMONEAU.

J'en fais serment.

## SCENE XIII. & derniere.

*Les Acteurs précédents sont interrompus par MARTINE, COLETTE, VALERE & tout le Village qui les suit en chantant & dansant.*

CHŒUR.

Allons gai, réjouissons-nous;
Unissons Valere & Colette;
Que de cette union parfaite
Naissent les plaisirs les plus doux.

DAMON.

Comment, nous interrompre!

VALERE.

Excusez notre audace

Notre dessein, Messieurs, est de nous divertir,
Dans ce qui fait notre plaisir,
Il n'est rien qui vous satisfasse.

MARTINE.

Moi; je tranche le mot; il faut quitter la place;
Je suis dans ma maison, je viens vous en bannir.

VALERE.

Vous dédaignez les coutûmes, l'usage.
Le seul nom de lian revolte vos esprits.

COLETTE.

Nous autres, nous aimons beaucoup le mariage.

VALERE.

Pour moi, j'ai le malheur de croire aux vrais amis.

PREMIER PHILOSOPHE.

Mais, écoutez.

MARTINE.

Treve de verbiage.
Nous ne voulons de vous ni de vos beaux avis.

COLETTE.

Vous avez rendu fou le Bailli du village,
Et nous craignons quelque chose de pis.

DAMON, *à son Pere.*

Ah! sortons de ces lieux. Serez-vous du voyage?

SIMONEAU.

Oui, sans doute, les fuir n'est-ce pas triompher!
A vos conseils j'abandonne mon ame,
Je quitte mon état, ma maison & ma femme,
Mais sans regret. Adieu je vais Philosopher.

*(Il sort avec les Philosophes.)*

COLETTE.

Vous ne l'arrêtez point?

MARTINE.

Et que pourrais-je y faire;
Laissons-le à son erreur donner quelques instans,

Il s'en répentira lui-même.

VALERE.

Oui, je l'espere ;
Il a le cœur trop bon pour les suivre longtems.

MARTINE.

Vous, Colette, épousez Valere ;
Aimez-vous.

VALERE.

Elle sçait combien elle m'est chere.

COLETTE.

Moi, quand vous parlez, j'obéis.
Ah ! que je vais haïr les grands Esprits !
S'ils disent tous qu'il faut ne pas croire sa mere ;
Fuir ses superieurs, négliger ses parents,
Est-ce ainsi qu'a Paris pensent tous les Sçavants ?
Ah ! j'aime mieux ici vivre sous la chaumierè,
Y respecter, ce qu'il faut qu'on révere ;
Et m'en tenir au vieux bon sens.

*Fin de la Comédie.*

---

# DIVERTISSEMENT.

## Air *chanté par* VALERE.

Que la constance & l'allegresse
Soient l'ornement de nos beaux jours ;
Du plaisir, l'aîle enchanteresse
Ranimera le feu de nos amours ;
Nous ménagerons son yvresse,
Colette en nous voyant toujours,
Nous nous désirerons sans cesse.

## Air *chanté par* COLETTE.

Oui, tu regnes sur mon cœur,
Rien n'eteindra mon ardeur ;

Les fleurs ne seront plus belles,
Le Zephir perdra ses aîles,
Le Papillon deviendra moins leger;
La Tourterelle,
Moins fidelle
Quand on me verra changer.

MARTINE, COLETTE.

DUO.

Quand on s'engage
Il faut choisir;
Dans le mariage
Tout n'est que plaisir!
Avec le jeune âge,
On voit l'Amour fuir;
Il faut être sage,
Pour toujours jouir.

[*On danse.*]

# VAUDEVILLE.

## PREMIER COUPLET.

II.

Pour chaque âge il est une erreur ;
Tous les jeux séduisent l'enfance ;
Les passions troublent le cœur,
Longtemps après l'adolescence.
Quand l'homme cede au poids des ans ;
Il se déplaît, languit, murmure ;
Il serait heureux en tout tems
S'il ne suivait que la Nature.

III.

A Paris, l'esprit, la raison,
La beauté, tout n'est qu'artifice ;
L'amour n'est qu'une trahison ;
Le sentiment n'est qu'un caprice.
Au Village l'on plaît sans fard,
Et le cœur y fuit l'imposture ;
Un Amant n'y connoît point l'art ;
Mais il séduit par la Nature.

IV.

Le Philosophe n'aplaudit
Qu'aux écarts d'un stile emphatique ;
Le Poëte court après l'esprit,
L'Orateur après la critique.
Pour vous assurer des lecteurs,
Il est une route plus sûre ;
Croyez-moi Messieurs les Auteurs ;
Tenez vous-en à la Nature.

V.

A la ville où tout n'est qu'erreur;
Un faux Savant par son système
Veut faire trouver un bonheur
Qu'il n'a jamais senti lui-même;
Pour nous, sans nuls raffinements
Notre morale est simple & pure.
Nous vivons heureux & contents;
C'est que nous suivons la Nature.

VI.

L'on ne veut plus que plaire aux yeux
A présent dans la Tragédie;
A l'Opera le merveilleux
Va souvent jusqu'à la folie.
Ici nous ne cherchons jamais
Que la plus naive peinture.
Votre bonté fait nos succès,
Et notre guide est la Nature.

La Musique des Ariettes ainsi que du Vaudeville est de M. Desbrosses.

FIN.

---

## APPROBATION.

Lû & approuvé ce deux Septembre 1760.
CRÉBILLON.

Vû l'Approbation. Permis d'imprimer, à la charge d'enregistrement à la Chambre Syndicale, ce 3 Septembre, 1760. DE SARTINE.

*Registré la présente Permission sur le Registre des Permissions de la Communauté des Libraires & Imprimeurs de Paris, N°. 4071, conformément aux anciens Reglemens confirmés par celui du 28 Février 1723. A Paris ce 5 Sept. 1760.* G. SAUGRIN, Syndic.